ヴァージン・キラー

サラ・カイリイ

ヴァージン・キラー＊もくじ

装画　伊藤亜砂
装幀　宮島亜紀

ヴァージン・キラー

シアトルズベストコーヒー

濡れた舗道にマクドナルドの紙袋がはりついて
色彩は夜に沈んでいる
恋人でない男と落ち合う　風景は
バスの窓に流れる　小さな月　つぶ
首をまさぐる　かけられた金の鎖は
指先にあって　道だ

酔っ払いが老婆にからむ
優先席に座っていた男が酔っ払いを追い出す
アナウンスはやんでいる　運転手は
透明に背中を預けたようにみえる
鱗がはがれるように　脇の下から汗がにじんだ
消えていく熱量　わたくしの

心と呼ばれるもの　シンと重たい気配
バッグに押しこんで　ジッパーを閉める
閉めた隙間からはみ出る　色がない
駅はイルミネーションの準備　の骨組み

雨が降り　ビニール傘から見上げる空は
楽天のマークに　気をそがれている
改札で待っている
どこへ行くのかは聞かなかった
かつて覚えた処世術　バッグの膨らみは
ぎゅうと鳴くけれど　これは
これはかなしみではない
恋人でない男は　背が高かった　帽子の影に
思い出はのまれた　きっと
振り返ったときには　思い出せない　額に前髪がはりついて
ニットは　蒸れて

あたしの情熱は　注がれたマグカップの中で静かに冷めていく
つまり　日付が変わる　このシアトルズベストコーヒー

破損

欠けた指輪みたいな目をしているね
指輪は大きすぎてクルクル回り
ひょっとした時に目が合うんだけど
君って返品対象かしら
梅雨が明けないうちから
フル回転する室外機　の前で一服

スカートが足に絡みついて
お前を離さないって言われているのかな
君の血は青いの？
息を切らして見せられたペニスは
まだらで　いつしか　わたしの天井を
支えているのだ　ふるえる血管
海を教えてあげる
失くしものは見つからないので
人魚姫は高いかかとの靴を履いたまま
タワーのてっぺんから飛び降りた
ここは三階　落っこちても

明日がやってくるだろう　不完全な風
翼状の毛をむしって
ティーシャツを脱ぎ捨てたら
あの指輪　とんでいってしまったよ
きらいなんかじゃなかった
君の眼球に　舌を差し入れる

チヨちゃんのとき

水滴がおちる　舌でうけとめる　音
室外機がうなる　喫煙所に似た匂い
夜間作業員のヘルメット　につけられた　ライト
下着で眠る恋人　のまっすぐな鼻筋
冷蔵庫を開けては閉める　詰め込まれた
昨日の堆積　息を　吹きかける

「口」と書くとき　辺をくっつけて書かないと
お金が逃げていくのだと　チヨちゃんが言っていた
マニキュアの瓶を倒して
テーブルには真っ赤な点
エアコンをつけた
勤勉だと思う
タオルケットが腰に絡まって抜けだすのにひと苦労
恋人の腕枕から逃れる　適切なタイミング
ストップウォッチを頭の中に移植したチヨちゃんは
サニーのレタスをひとつずつ見定めて
悲しい目をした

「ショウゴはタニくんよりも二十八秒早い」
時を流した川べりに
アイスキャンデーの棒が突き刺さっていた
エコバッグは保冷用だけど
そろそろパルムも溶けてしまう
本当は
タニくんが十年早かったのだ
チヨちゃんの自転車のタイヤは空気が抜けている
つぶれた八百屋の軒先　ダンボールの中で
にゃあというのは　フウガで
名前を付けたはいいものの　三日で飽きて

ショウゴが捨てた　フウガは小学生になる
ト　タン　マニキュアの瓶がもうひとつ倒れる
けれどふたは閉まっているし
トップコートは透明だ
パルムを五本　溶けかかったパルムを五本
自転車のカゴに入れてチヨちゃんは去った
ふくらはぎに　かきこわした　虫さされのあと
彼女の肘の裏側の傷口を思う
「ショウゴは間に合わないと思うよ」
わたしは預けられたカッターナイフを手に
深夜のベランダに佇んでいる　雨　が降りだした

四本タバコを吸う間に
夜間作業員は仕事を終え　マニキュアは
半分固まり　恋人は二回寝返りをうつ
どこから聞こえてくるかわからない
水滴の音　は　やんで　今
わたしの口のなかで転がされている　ヤニにまみれて
ショウゴは間に合わないだろう
彼は朝の九時から夕方　というより
夜の九時まで　スーツに着られて座っている
チヨちゃんのパルムは溶けてしまって
まっしろと茶色の　吐瀉物になる

タニくんが十年早かったのだと
チヨちゃんは思わなかった
チヨちゃんの計算では
自分が十年遅かったのだ

シラミがたかったフウガは遠くの親戚に預けられ
やがて里親の目を盗んで　鍵を壊し
錆びたカッターナイフを見つけるだろうか　わたしは
秘密なんて守らない
恋人の呼吸に心臓を合わせる

午前二時十三分

クラクションを鳴らして　軽自動車が走り去った
あたしはふぁっくゆーとつぶやいて
突き出した中指が欠けているのに気づく
二時間前　愛人にやってしまったからだ

痛いのは感じない

感じないのは痛くない
あんたのセックスは単調だから
あたしは爪をはがして指先をのみこませた

ひったくりが横行してるから
道路側にカバンをさげる
ケイタイも財布もカードも
全部まとめてさらっていきなよ

誰でもない　誰のものでもない
つまりあたしのものでもない

頭が痛くなる　パンプスが溝にはまる
ふぁっくゆーだよ　くしゃみして
少し泣く

鍋の湯〜チェーン・スモーク〜

もう一本吸おうか

ベッドは温められている
本には睡魔が詰まっている
ペニスは弾けそうになって
あたしは鍋のお湯が沸騰しないのに苛立っている

口のなかに広がった苦さは
後悔でも血でもない
逆立ちしたギタリストがステージを横切るのを
あたし見てる　見てる　アイスクリーム

もう一本吸おうか

眠るにはくたびれすぎて
時計には羽虫がたかっている
コンドームが小さいって男が叫ぶ

あたしは鍋のお湯が沸騰しないのに苛立っている

同時多発的な散財は
愛の証だから　カードをちょうだい
ジミヘンは歯でギターを弾いたんだって
あたしはフリスクを振り続け　朝がくる

もう一本吸おうか

どれを選んでも同じだったって
本に書いてあった　あたしは栞を投げて

枕に落ちてくるのを眺めてた　おっぱいが重い
誰を選んでも同じだったなんてね

熱湯　切断する
百円均一のハサミはおろしたて
熱湯　浴びる
茹で上がったらちんぽ縮んだ

もう一本吸おうか
もう一本吸おうか
キッチンが爆発する

インクはいつまでも乾かない
タイムラインはオナニー
あたしは鍋のお湯が沸騰しないのに苛立っていた
悪魔に魂を売った
ギターソロ
もう一本吸おうか

指輪

公園から吹いた風にあおられて
傘の骨はぐにゃりと曲がった
順々に　そう　折り鶴を折る手順と同じ
ためらいながら　折れていく
目の前で　銀色は雫に投影され
くもり空をなかったことにする

傘の先に水滴が垂れて
乾いたアスファルトに模様を描く
エレベーターが一階まで降りてくる間
互いの身体をまさぐる　まばたき
胸の谷間にうすく汗がにじみ
てのひらは乾いている
雨のなかを歩いてきたのに
数字の表示が下降し　重力と共に
まぶたにかぶさる

役に立たなくなった傘を
マンションのゴミ置き場に捨てて
切り揃えた前髪が　はりついて
頬に水が流れるのを感じる
手の指を折って数える
きょうは　かようび　不燃ゴミ
雨のなかに金色の輪だけが確かだ
この光を　手に入れるため
あなたの頭上に輝いていたものを
うばった
　うばった

あしたは　すいようび　燃えるゴミ

natural woman

陰茎を握って眠りました
あたしは子供の頃から寝つきが悪く
誰かそばに人の気配がないと駄目でした
それは繰り返される父母のいさかいでも
兄のひっそりとした自慰のため息でも
翌日になれば顔も忘れてしまう男のくしゃみでもよかった

けれど　あの人の陰茎ほどあたしを
安堵させるものはありませんでした
あたしの手のなかで　あれは常に張りつめていました
握れば握るだけ　大きくなるようでした

あの人に出会ったとき
あたしはたまたま結婚していました
成り行きの性交は必然でした
あたしは選びました　あの人を
夜逃げ同然であの人の腕に抱かれ　暇さえあれば
交接しました

お金のために数多の男の相手もつとめましたが
それがなんでしょう　あたしは
ためらいなく股を開きました
最初に敷布団に押し付けられた瞬間から
あたしの支柱はあの人の
なだらかな足の付け根から生えているものしか
ありませんでした

陰茎はあたしをかき混ぜ　突き刺し
てのひらのなかでまどろみます
陰茎はあたしを駆り立て　弾けとび

切ないほどの歯ぎしりをさせます
あたしはかわいくてなりません
いとおしくてなりません
（あたしは毒婦と呼ばれました）
あの人はあたしを抱きしめます
溶け合った肌のきめひとつひとつが沈んでゆきます
あたしたちの間に浮かび存在を主張しているのは
勃起した固い陰茎だけでした
あたしはくちで　舌で　頬で　全身で
受け止め　包みこみました　逃れようがないほど
きつく　すぼめて　吸って

あたしの世界が　崩れてしまわないよう
（あたしは毒婦と呼ばれました）
あたしのものでした
あの陰茎が支える世界の空気を吸うのはあたし
あたしこそが所有者だったのです

ある夜
毎晩続く情交を終えあの人が眠りにつくと
あたしの手のなかで　前触れもなく
陰茎はしゅるしゅると縮んでゆきました
あたしは慌てて　先端をてのひらで包みましたが

体温が広がるだけで　その面積は
比べようもないほど小さくなっていきました
あたしは
目の前に誰もいないのを知っていました
あの人は厭わし気に寝返りをうち
うなだれたペニスは太ももの間に横たわっていました
あたしは
もう誰もいないのだと知っていました
いいえ　在ったことなどありませんでした
すべてはおぼろで　輪郭などなく
そのなか

ドクドクと脈打つ固い陰茎だけが
確かなものなのでした

性交のはてに
あたしはあの人の首を絞めました
腰紐できつく　全身が砕けるほどの力を込めて
包丁でペニスを切り取り
懐紙に包むと　ふところにしのばせました
血が滲んだそれはまだ温かい気もしましたが
もはや
肉片のひとつにすぎませんでした

あたしは分厚い幕が下がっていくのを見ていました
濃い紫の布はゆっくりゆっくりと
視界を覆ってゆきます
下駄をはいたあと一度だけ
振り返りました
布団の端はきれいに揃えておきました

あの人は　あいしていると言いました

あたしは　陰茎に頬ずりして言ったものです

（あたしは毒婦と呼ばれました）

あたしも
あいしてる　と

甘い骨

立ち去る背中の骨をひとつ取り出して口にふくんだ
ザラザラと甘い骨だった
記憶のヒダに溶けた汁が染み込んでいく
鍾乳洞の切っ先に似たまろやかな痛み
深夜に剥いた柿はところどころ熟れすぎて柔らかく
心もとない歯ざわり　シンクに片手をのせる

口に残ったものを土に還せば　思い出が芽を出し
新しい生き方を感じられる気がする　けれど
わたしはここまで来てしまったのだ
携帯のバイブレーションが空気を揺する
あなたはいつでも川の向こうにいる
川向かいには芝生が広がり黄色いすべり台がある
蝶の形の髪をした少女が立ちこぎでブランコを駆る
雨が降るたびに流される橋は役に立たず
わたしは不格好な泳ぎで対岸を目指す　背中だけが見える
増水した川の中で孤独に酔う
水を飲んで鼻先だけをようよう水面から出して

少女はわたしに飴を投げつける　笑って
的が見えたと叫んで投げつける
立ち去るべきはわたしなのだと知っていながら
最後の執着のしるしに背中の骨を盗みました
口のなかでゴロゴトと歯にぶつかる白っぽい骨
満足を知ったことがないくせに不全感ばかり身にまとって
たどり着いたときには嘔吐した　拍子に精液が流れた
骨だけは離すまいと奥歯で噛みしめていたら
あっという間にそれは砕けて　砂で
甘いだけの砂で
わたしは男を少女をやさしく憎んだ

奇妙な果実

タバコがおしまいになったので
あなたの口を吸って見えてきた
世界は　ちっぽけだ

滞りなく落ちてくる星を
透明な貯金箱にためて　揺すると

あの人やってくるかな

こわいと言われる　君の目玉に
刻まれた傷が好きで　右手には
いつも塩を握っています　風向き

黒いインクは染みになってわたしの手のなか
遺影となって　残されたのは乾かない汗と
まつ毛のない睡眠

遠いから声は出せない

届かない贈り物を丁寧にラッピングしたら
まるで奇妙な果実のようでした

モンキービジネス

孤独を埋めるものがペニスしかないのだとしたら
わたしはため息をつくだろうか
肌をまさぐりあう刹那にのみ　明らかな
光景と呼ぶほどのものもない　楕円の光の重なり
その合わせ目にわたしは生きている

言葉はわたしを縫い留められなかった
思い出はあとから湧き出してくるが
ふるいにかけられ　すり抜け　何も残らない
時折　朝方の冷たい空気に惑わされて
途方に暮れた涙が転がることもあるが　やがて忘れる
ひたと寄り添う孤独
わたしは子をおぶる母親のように
輪郭のない影を背負ってきた
男の首にしがみつくときだけそれは
溶けて風景の一部と化すが
射精が終われば　指を広げて腰にのぼってくるのだ

居場所を熟知した猿の素早さで
足跡からたつ　灰色の霧
まとわりつく　絡めとられる　降下する　五感
一人ではない　孤独と在る

あなたを愛したのではない
孤絶に倦んでいたのだ
愛は劣化する
あなたは欠けていく
膨張に耐えきれず　わたしは新しいペニスを
探さなくてはならない

望遠鏡のなかで猿が笑う
歯茎を剝き出しにして

ヘビースモーカーのおじょうさん

ヘビースモーカーのおじょうさん
夫の給料日も　犬の糞の後始末も知らず
与えられる愛を　バケツに突っ込んで暮らした
真夜中に夫のイビキで目が覚めると
飯もろくに食えない子どもたちや
自転車操業のよろず屋のおかみさんや

諸々のことを考えて　やさしい胸を痛めたが
明日買うピスタチオ・グリーンのコートを思えば
この世はこよなく美しく
平等な場所に感じられて
戻ってきたドーナツ型のぬくもりに
ほっそりした首を通して　朝まで眠った

ヘビースモーカーのおじょうさん
恋人の前科の詳細も　大根の葉の使い方も知らず
与えられる愛を柄杓ですくってはこぼしていた
手をつないで歩く二人はブーシェの絵

つま先からバラ色に染まっていった
時おりハンカチに痰を吐いて　笑顔をみせる
彼女はまるで摘みとったばかりの苺
夫の墓のすぐそばに恋人は新しい家を買ってくれた
毎日花を替えれるように
ハッピーエンドだと彼女は思った
エンドロールを映画館の椅子の上で
見つめるおじょうさんの瞳
「わかってたわ　幸せになるって」

コルセットの紐を愛人に結ばせて

十センチヒールのパンプスに素足を入れる
ヘビースモーカーのおじょうさん
時は彼女を衰えさせなかった
振りまくだけの愛はガーターベルトの太ももに
並べられたカードは無尽蔵
神さまはあたしを幸福にしてくださった
息子たちにはこう言い聞かせている
「ママより美しい女と結婚しなければダメよ」
サファイアよりも青い目の息子たちは
いずれ本物のサファイアと微笑みを連れて
彼女の元に　戻ってくる

ヘビースモーカーのおじょうさん
おじょうさんのまま死んだ
三番目の夫は彼女のために夜空の星を買った
彼女がいちばん愛した恋人は
美術館の裏庭で首を吊った
音楽はやむことなく流れている
赤い薔薇が白い百合にかわっただけ
おじょうさんの目尻に幾重にも重なった
微笑みは　繋げられた真珠の光
これ以上　これ以上　愛されることはできないだろう

サイドテーブルにはスエードのタバコケース
三つの結婚指輪
数えきれない贈り物

彼女の柩がのせられた車が道を行く
男たちは帽子を脱ぎ　女たちはスカーフを振った
ヘビースモーカーのおじょうさん
自分の遺す様々な財も負債も知らずに
絶えることない愛情に燃やされた
ヘビースモーカーのおじょうさん
美しいものしか見なかった

ヘビースモーカーのおじょうさん
美しいものしか知らなかった
ヘビースモーカーのおじょうさん

カルーア・オン・アイスクリーム

テレビコマーシャルで見たのハーゲンダッツは
カップのふちが溶けだしたときが食べ頃
輪郭が溢れて　さあ　大きなスプーンでたっぷりすくう
ガラスの器にかたまりを落として　ひとつ　ふたつ
スプーンは舐めちゃう　めいっぱい口を開けないと
入らないわよ　あーんして　歯を立てないで　よくできました

ガラスの硬度に揺れるアイスクリームは　まるで
ニッキー・ミナージュのお尻（とびきりゴージャス）
ひねって封を開けたカルーア　とっぷりと　カルーア
あたしカルーアミルクは大嫌い
バニラアイスは大好物　溶けちゃえば同じでしょ
ノーノーノー
（ピアスをきらめかせてエイミーが唸る）
いつもの言い訳　ちがう　ちがうの
カーテンくらい閉めた方がいい
カルーアは部屋となじんでようやく　甘い
くちびるに垂らして

温かい冷たい粘ついたミルクが舌に絡んで
ビッチ　もっと言って
夜に穴をあける車の爆音　の余韻
月はぼんやりと雲に顔を隠しているから
アイスコーヒーの上に張った氷が溶けた層から
あたしのぞいて　のぞいて夜を
あんたあたしを突き落とすから（手は離さない）
すべての水　熱帯夜　シンクの上に落ちた
アイスクリームのしずく　飛沫
逆さまになったハーゲンダッツ
裏返しになったあたし　コンビニのレシートをチケットがわりに握りしめて

色の違うタバコの片方は空になってる　葉がこぼれてる
プロモーションビデオで見たの生クリームは
おっぱいの上にしぼりだして
男たちに差し出すの　ばっかみたい
でもあたしのダーリンは甘党だからやってみてあげてもいい
今日はアイスクリーム　溶けて　ただのクリーム
カルーアは夜の味がするのね
しつこいくらい熱くて明け方まで居座る夜の
あたしパンティをなくしてしまった
洗い物は明日すればいいじゃない
カルーア・オン・アイスクリーム　食べて　ちがう？

そうね　飲んで
ビッチ　もっと言ってよ　べとべとになった顔と顔　あたし
あんたの目の前で　影を大きく広げてみせる

♪注釈
ニッキー・ミナージュ……アメリカのラッパー。巨大なバストとヒップで圧倒するアイコン。
エイミー……エイミー・ワインハウス。イギリスの歌手。ありあまる才能を抱えて、夭折。

キャンディ

抱きしめあう
つよく　つよく
背骨が折れんばかりに　抱きあう
抱きしめあう
くちづけの合間に　呼吸をする
くちづけの合間に　生命を投げる

わたしたちの　唾液がまじる
わたしたちは　色んなものを交換する
わたしたちは　色んなところに印をつける
わたしたちは　だけど　ひとりぼっち

あなたのくちびるは柔らかく
あなたの裸体は夜が更けるほど白くなる
口にふくんだ金平糖のツノが全部溶けてから
わたしはあなたに食べさせる

抱きしめあう

つよく　つよく
明日の足音に耳をふさいで　抱きあう
抱きしめあう
くちづけの合間に　過去を思う
くちづけの合間に　昨日が生きる
わたしたちの　爪が食い込む
わたしたちは　色んなものを忘れていく
わたしたちは　色んな場所を失くしていく
わたしたちは　だから　ひとりぼっち

Yen Town Story

刷られ続ける肖像
指に唾つけて数える　深夜だな
ぽっかり開いた目の底に
探しあぐねた道の先が沈んでいく
こうして物語は終わる　望む　君はどこだ

回転しない脳みそをてっぺんにのせて
華美な装いをこしらえる　善良に
罵られ笑われ捨てられた
水たまりに代償が突っ込まれる
血の味がするまで地面に額をこすりつける

再び出会ったときには
抱きあいまさぐりあい鈍い痛み
君はここまで来たのか　インテリゲンチャのされこうべ
コートで隠した欲望の足元は
透かしてみるまでもなく毛深い

スカートをまくり上げて腰を動かせば
女は喜んだ　声だった　果てたのはお前だけ
帰り際の湿った咳に眉をしかめる
粘液でゆるんだ指からは骨が落下し
君の努力は一切合切水の泡　泡　はじける

肖像の遠景　支配　落日　あがく
あがき平伏し嘔吐し　君は言う
ありもしない言語で支離滅裂に
取り落としたコインが　夜をはじく

取り戻せない物語を　たぐりよせた気でいる
財布には古びたコンドームと母親の電話番号
クソというには　実直で
死ねと笑うべき　軽妙さもない

小部屋にはすべて揃っている
君は剃刀を見つけた
男たちの合間　ペニスとペニスのはざま
人形に命はないと言えるか　確かか
こすられ続けて腐りおちた入口は
何の返信も返してこない

重ねられた舌　ミルフィーユ状の
歩くたびに軋む橋桁　ハイヒールは
穴にはまって　ストッキングは親父のふところ
ポケットにたたまれた肖像
代償　身代金　スズメノナミダ
傷口をメジャーで測る人々　涙は
涙は

排泄物でしかないのだった

（ピクニック）

ビールでやめておけばよかったのに
ワインとニコチンを足したから
頭の中には後悔がゆらゆらわいてきて
あたしは射撃しつづけなくちゃならない
心臓を狙うのか　脳天を一撃か
壊れたオルゴールみたいに繰り返される

愛してる　愛してた
占い師の指先は信用ならないカードをめくり
あたしはいつも逆さまに吊るされている

真っ白い浴室の壁にうなだれて
背中にお湯をあてられる　ひだり手
いつまでも終わらない経血が足の間から
筋になって流れていく
ふりかえって首にしがみつけば　すべて
なかったことになるだろうか
ザクロの匂いのボディソープ　みぎ手

あたしのなかみを　そろりと　かき出す

アイスコーヒーを額に　空が隅から明けていく
午前六時　恋人の静かな寝息
いとおしいつむじ　昨夜の名残は
二日酔いと後悔のバラバラ死体
市指定のゴミ袋に嘔吐する
あたしはこのまま透明に縛られて
見知らぬ土地の焼却炉に
（ピクニック）　運ばれるべきかもしれない
コルクを抜いて　洗われたワイングラス　あたし

汚すのはいつも　同じ

未明・コンビニ

ドレスはほつれて　ほどけかけている
ZARAのセールで買ったシースルー
舌を嚙み切られて　言葉が出てこない
いたい　という声はくぐもった呻きでしかなく
鏡を不明瞭に曇らせるだけだ
肘から血が流れている

無理に突っ込まれた尻の穴がヒリつき
歩くたびに　気が遠くなる
わたしの服を脱がせた男たち
わたしの足を押し広げた男たち
コンビニだけが明るく　足元の影を
悪夢だとささやきかける　海底の夢だと
海には膜がかかっている

わたしはなめられ
わたしはあなどられ
わたしはうばわれる

わたしはなめられ
わたしはあなどられ
わたしはうばわれる

コンビニの成人向けコーナーに置かれた
口を半開きにさせた女は　友人たちにそっくりだ
塗布された欲情に　わたしは目をそらす
いつの間にか野良犬が消えた街を
わたしはひとりでさまよっている
ひとり　ひとり　ひとり

あたしはあなたのことを思っていた
男に両腕をつかまれ　罵声を浴びながら
あきらめを奴隷の姿に変えながら
あたしはあなたのことを思っていた
マスカラが溶けて　あたしの顔は
書き損じの手紙のよう
あなたがうまく読めるかわからない
青いポリバケツに入れて蓋をすればいい
でもあたしはそうしたくない

海の底に沈んだ　片目

光はコンビニ　割れるような日常
あなたを愛している愛している　愛している
あたしは死んだ

天使

あたしたちがいけなかったのかしら
あたしたちは若く美しくセクシーで
男たちから愛される全てを持っていた
ラナ・デル・レイのCDが出たときに
二十代後半の女性が『ダディ』と甘えるのは
いかがなものかという声があった

それを書いたのは女性だった気がするが
きっと自立した女性なのだ　つまり
さほど男性に求められなかった
あたしたちは息をするだけで男を虜にした
望む望まざると関わらず
男たちはあたしたちの上と下のくちびるを
こいねがった
男たちは与えてくれたはずだった
マンションやお小遣い　アクセサリー　気の利いたデート
彼らはあたしたちが存在することに
意味を見出していたから

あたしは好きな音楽で踊って　笑っていればよかったのだ
父親　兄　恋人　友人　先生　好きなように
男たちを呼んだ
若い男は懐があまりにさびしいから
相手をするのは年上の男が多かった
裸のからだを眺めて
うつくしい　うつくしい　と跪く老人の肩に
やさしくかかとを乗せたのはあたしだ
恋などしてはいけなかった
あたしたちは天使として世の男に与えられ
報酬を得る生きものだったのだ

恋は全てを破壊した
あたしは恋を失い　世界は瓦礫の山
神さまの嫉妬だろうか？
うまくいきすぎたあたしたちに　あたしに
あの男は当たり前の顔をして今日もオフィスにいるだろう
美しいはずのあたしはひとりぼっち
ひとりぼっちでナイフに顔を映している
あたしはもう若くない
しかし衰えることのない美貌は不変だ
それが　なんなのだ
一人の男を振り向かせることができなかった

あたしは羽根を再び身につけて
ショーを始めなければならないだろう
世界が――あたしの生き慣れたこの世界が
求めているから
愛されることは得意だった
あたしは足もとにしがみつく
豊かな髪を振り乱す
まだ　あなたを　あいしている
男はあたしの手を取り
世界は今や同等なのだと　くそったれ
破壊した欠片を踏みつけた上で言う

あたしは　天使
一方的な愛しか知らない
もう元には戻れないだろう
ひとりになれるだけ　ひとりにして
プライドも自尊心も羞恥心も　すべて根こそぎ
奪い去って　世界を炎で焼き尽くし
あたしをとこしえの寡婦にして
つまり　あたしの命を
てのひらで握りつぶして
男は笑った
うつくしい笑顔だった

リング・リング・リング

約束を失った指輪はきれい
石どうしが背中をつつきあっている
荷が重すぎたんだって琥珀が笑って
ゴールドの縁にあごを乗せる
柔らかい陰毛に包まれたペニスは
まったく同じ分量と味だから

わたし間違っていなかったと知っている
窓辺でくたびれたピエロの涙の痕だけ
針は時を進めていくけれど
影が重なることはなかった　いつも　ひとつ
思い出を砕いて　ドロップは明日に投げて
空と男は反転し　わたしの目の前
戻らないって言わなかった
チューブの最後までしぼりきる
とりとめもない話だけど
筆で刷いたあなたの鼻筋は白くてまっすぐ
白粉がまつ毛にかかって　季節外れの雪みたい

指輪が大きくなって
わたしはいなくなって
琥珀のささやきだけが空間を満たし
さようならも朽ちていく
約束を失った指輪はきれい
くちびるを重ねる
わたしたちは
うつくしかった　かった　かった
（レコードを裏返す）

――わたしのヴァギナはあなたの形

南新地——今泉

赤いマットレス　浴槽
暗い廊下　薄い扉ごしのあえぎ声
光が射さない小部屋
消毒液
モニター越しの日給
ゴミクズみたいな男たち

性病検査　陰毛はつるつるに
飾りものの冷蔵庫
タバコの煙の出口はない
今は何時？　粘ついたくちびる
ゴミクズみたいな男たち

額にかかる前髪を撫でつける
鼻先にキスをする
むさぼるような唾液の交換
ソファにかかったストライプのネクタイ
眉間にかすかな皺が寄る

コンドームは開封されずに枕元
嚙んでと囁く　吐息が返ってくる
あなたほどうつくしい男はいない

羽虫が壁にとまっている
立てかけたマットは濁った黄色
何度もシャワーを浴びるので
乾燥が繰り返したまっていく
ユキチ、早く逝け
店長の講習　タイマーをセット
雑費二千円　顔も知らない女の子たち

コスチューム　ささくれたカーペット
待ち受けの赤ん坊
ゴミクズみたいな男たち
ユキチ、早く逝け
ゴミクズみたいな男たち

交感

砂が尽きた砂時計はいくら逆さまにしても
無風でした　ほんの少しのぬるさ
絡めた舌で互いの歯列をなぞっていくと
遠くで呼び声が聞こえた気がして　慌てて
目をつむる　と　泣いているのかと問われる
パウダーで仕上げた完璧なわたしの頬に

ぽつりと汗の玉が落ちるので
そうねと答えました　問答など
形を失って久しい
ガラスの瓶に手紙を詰めて海に流したり
風船にくくった封筒を飛ばしたり
はかない夢に心を動かされていた少女でした
いえ
手を離れた全ては過去になり
過去とは亡霊でしかないので
満たした承認欲求を傷つける何者も
存在しないと学んでいたのでしょう

男の歯には穴が開いていたので
そこにたっぷり唾液を詰めていたら
もはやどちらのものともつかない唾液は
口のまわりを汚しました
喉を鳴らす
外は雨です
流された紙幣の切れ端は少しずつ
世界のくびれにたまっていく

ふぇらちお

いとしいぺにすがただの肉塊になっていた
さあ飲み込めと突き出される勃起したぺにす
昨日まではいとしくてたまらない　名前を付け
フリルで飾り　バッグに持ち歩きたいと思っていたぺにすだったのに
反り返ったぺにすを口にふくむと　わたしの味しかしなかった

その辺に転がっている　犬のクソのような
人生と　自らが認識する特別性の　隔絶は　愛情をすり減らす
わたしは特別ではない　ただのメスだった
男に発情して全てをかなぐり捨て　やがて男に棄てられた
形がない愛は　後付けでどうにでもなる代物だ
わたしはぺにすを好んだ　お前だってそうだろう
わたしにはめたかっただけだろう　あの四月の夜
ワインの酔いに規格外の親密さを感じて

関係性は染みの浮き出たカーテンに仕切られた
窓の向こうには沼が横たわっていた

緑にくすんだ沼は　窓のサッシにはさまった羽虫を
レース模様にしていた
セックスは　セックスは　セックスは　瞬間で消費される
麻薬だった

言葉を発した方が去らねばならない
目に見える形で明らかにした方が　咎を負い
去らねばならない
わたしは去れるだろうか
自分の唾液でぬめったように光るぺにすを鼻の先に突き出され
わたしは去れるだろうか

この男を愛していた
その事実がいま　わたしを苦しめ　混乱させる
男はただの肉塊だった

ホテルの料金を支払う背中を見ている
何度目だろう　何度続くのか　お前はわたしを愛していなかった
愛する努力をしてくれた
むなしさはループする　わたしはもう男のズボンを脱がしたい
そこにはぺにすがある
ただの肉塊でしかない　ぺにすだ
わたしは決して慰められない

わたしが欲しているのは　無遠慮に　衝動的に　内臓をえぐる
あの　自傷的な　セックスだった

ヴァージン・キラー

眉骨　目のくぼみ　通った鼻筋
まるみのなくなった頬　ぽつりと小さなホクロ
うつくしいデスマスクに　柔らかい前髪

幸せとは錯覚であると気付いて
抱擁はさらに深みを増した

溺れる人形をガラス越しに見つめている
白い裸体はあどけなく　開かれている
きつく噛んだ肩の肉はほどけて
帰りのバスの中から手をふるまで
接続は解消されない　自動ドアが
閉まって　バスが走りだし
白いシャツが見えなくなる頃　わたしの膣から
ようやくペニスが　抜け落ちる

思いつめた恋情は小鍋の中で焦げついて
手がつけられなくなった　水をジュッと差せば

モウモウと湯気が立ち
わたしたちは呆然とシンクを見下ろす
返さなかった鍵　いつもキーリングは鞄にあって
決して開くことのない扉を夢見ている
昨日あなたはわたしの首を絞めた
かすんでいく視界のなかで
これほど無邪気な男は　世の中を浚ってみても
見つけられないだろうと　満足した

擦り剥けるほど交わりあった季節を過ぎて
輪郭を洗われたわたしたちは

お互いの影をガラスのペンで描く
いつもお互いの姿を大きく描きすぎてしまうので
わたしたちは　影にのまれる

首筋　あごの横のヒゲの剃り残し
鎖骨　まるく盛り上がった胸板
月明りの塑像に打ち棄てられた　灰色のシーツ

持ち重りのする愛情を　川に放して
いずれそれは海にたどり着くのだと信じて
新しい下着を身につけた身体を

路地裏のホテルで横たえる
心配そうな顔で見つめてくるのは
何も変わらなかった　あなた
いとしい人　故意に背中に爪を立てる
来週わたしは血を流しながら
男に抱かれるだろう　男は頓着もせず
クリトリスを口にふくみ　口づけ　わたしたちは
血まみれ
わたしの血はあなたの精液と混じって
ベッドを汚し
わたしたちは　何度目かわからない初夜を

貫いてゆくだろう

Dear John

正気を保っているといえる
塗り固めた顔の裏　無表情の統一
降りかかるヴェールに行く先を遮られず
永遠の馬鹿馬鹿しさに火をつける
チャイルドロックを外して　欲しい熱量
焼けただれた痛みに花柄のワンピース

知ったかぶりをする男たちに微笑んでやる
お前は幸せなのだよ　ジョン

連続する負荷にうんざりして
論理を繰り広げる男の前で足を開いた
何が見えたか　宇宙の果てに
湿っぽい咳が言葉を途切れさせる
面倒は舌の動きで始まる
アールを発音しようとして巻き込んだ
真っ赤な嘘

不釣り合いを探して　攻撃して
多様性の枠にはめ込んで
充塡豆腐のようになった脳みそを
あたしは責めないよ
組んだ手の皺に汗がたまり
銃口は定まらない
カルティエの時計が傷ついている
お前は幸せなのだよ　ジョン

空中ブランコ乗りの宙返りは失敗
赤いパンプスのエナメルは剝げた

舐めるような視線の正当化
輝ける自己欺瞞　正しさの終着
煽ってきた欲望をもて余し
美しさに引きこもる
消費された人形の　残骸

燃えるドレス

聞き慣れた愛の言葉をつぶやいてみた
言葉はどこにも反響せず　殺虫剤にやられた羽虫のように
あたしの足元に転がった
足を失くした女が夜のドレスを縫っている
彼女の足は真っ赤な箱に入って　亭主が預かっている
あたしは亭主を殴って　フェラチオしたけれど

女は笑っていた　擦り切れたスカートに下半身を包んで
星が落ちて　屋根が燃えた
今夜は明るい　繰り返すあんたの背中の骨を舌で数える
ホールに下りれば　熱帯の魚か　鳥か　女たちが嬌声を上げている
柔らかい肌に電飾が映えて　あたしは女たちにぶら下がる
数多の亭主を憎む
たらいに水を張って　そろそろと進む　床は軋む　こぼれる　水
あんたの背中を洗う　背中にはエデンの地図が彫ってある
こすればこするほど　その道筋が際立つので
あたしはあんたが泣くまで背中をこすっている
踊りが得意な女たち

男運のない女たち
使い古された毛布の中で身体を丸めているとき
考えているのは　燃えるドレスのこと　失くした足のこと
さっさと射精した男の精液の　粘つき
月が消えた夜
濃い闇の中で　あんたを腕に抱いて物語の接ぎ穂を探していた
あんたはつじつまが合わない話を好む
雨漏りが洗面器に落ちる間だけ
息を止めて　くすくす笑い
笑っちゃダメ　息を止めるの
目の前に見えている　乱雑な部屋が少しずつ白くなる

白くなるからそれまで息を止めて　白くなったあと　だんだん
金色になるから　金色に輝いて　空は　どこにもなくなってしまう
あたしは裸の背中をなぞっている
あんたは　あたしの頭にあごをのせていた

聞き飽きた愛の言葉を囁いてみる
彫られたあんたの名前を思い出してみる
あたしの足は赤いペディキュアで飾られている
できあがったドレスを着たあたしは
誰よりも美しい

水中花

性器を広げられることが宿命で
求められるのはそればかりでした
面倒くさがりで人当たりのいいわたしは
正常位を好み　コンドームは使いませんでした
頬に平手打ちのように飛ぶ精液を
にこにこ微笑んで　指にすくいねぶりました

子供は欲しくありませんでしたが
着床に成功した経緯の果てもあり
わたしはいつも婦人科のカードを財布に突っ込んでいました
男と知り合えばてっとり早い婦人科を
検索しました　わたしのグーグルは
産婦人科のアドレスの膨大さに
息を殺していました
気持ちのいいこともありました
ほんのたまに
ネクタイをしめた男たちは瞬間で
日常の埃と同質のものとなります

カーテンのすき間から洩れる光に舞うはかない　あの
ちっぽけな埃です
十四の年から二十年
セックスのフィルターを通してのみ
人間の形を成しているのだと
通りすがりの男たちが言うので
その身勝手さはいっそ気楽で　清々しくて
滑稽で
わたしは　根がない植物がたゆたっているようです
何度も失った胎内の水盤のなか
すえた匂いを発する　わたしは　花でした

うつくしいつがい

今でも昔に戻りたいと思うことはある

バス停の前にはとうに閉まった居酒屋がある　ささくれた
木の板にヘッドライトが映る　触れていく　ドレミファ
ソラシド
ピンクから赤へ　緑へ黄色へ移るライトの下

ベッドだけが大仰だ　オフになったテレビ画面に
化粧が取れかけた顔
テーブルには食べ終えた冷やしうどんのプラスチックのカップ
と　サンドイッチの包み紙
あなた　何も言わずに服を脱ぐ
食べ終えるとすぐ　一枚一枚　流れ作業を見るようだ
かつての残り香をかぐために　抱きあう
壊れた破片を拾って　口にふくむ
血だらけの唾を吐く
枕から匂ったのと同じ体臭に包まれる
現実と現在に集中する作業に　没頭する

いつからか　残り時間を数えている
休憩は三時間　あなたがいくまで一時間

誰もいない夜の道路を　うつむいたまま歩く
赤く塗られたホルモン焼の店の褪色は　夜中じゃわからない
はにほへと　いろは
噛まれた太ももの内側が重く痛み　自己主張する
あなたが存在するという悲劇
ラベルのない関係　瓶に貼られたシールの隅には
爪を立てたあとがある
エレベーターの鏡に映る真新しいワンピースの自分　女

昨日買ったばかりのワンピース　それから下着
たったひとときのために　クローゼットがいっぱいになる
あなたはいつも同じデニム

カーテンを開けておはようと言った　カオマンガイを作って食べた
トマト缶は重いからエコバッグを持ってくれた　夜中にケーキを焼いた
雨上がりにアイスを買いにコンビニに散歩した　腕に抱かれておやすみと言った

腕に抱かれておやすみと言った
ラブホテルのベッドの上で　あなたは相変わらず腕枕をしてくれる
見上げる天井の模様　閉め切った窓　サイドボードの電話機と　コンドーム

もう帰りたくない
サンダルをはいていた足は　擦り剝けて
あなたを　帰したくない
疲れ切った顔をしているはずだ　目の下に小皺が浮いているはずだ
わたしをもう　がっかりさせないで
あなたは決まって一人暮らしの家に帰る
家に帰る
帰る　ひとりで

感情はすり減って　原形をとどめていない
数年の経過は　乳房の張りを失わせた

もう手のなかにないもの
決して手に入れることがないもの
いつしかわたしは彼を欲しくなくなった
思い出
思い出
触れたそばから砂と化す　はかない　光
わたしたちはなんとうつくしいつがいだったことでしょう

あとがき

詩を書き始めてどれくらいの月日がたっただろう。

中学生の頃からミュージシャンの歌詞に影響されてそれらしきものは書いていた気がする。二十代はじめ頃から福岡でサラ・カイリイという珍妙な名前を名乗り活動を始めた。

結婚生活に没頭して、二十代後半は詩を発表していなかったが、三十になった頃再び活動を再開した。

これまでに私家版で三冊詩集を出し、主宰同人誌も出した。いくつかは評価されありがたいことに賞をいただいた。

しかし私家版では弱いと思っていた。

ちゃんと出版という形をとりたかった。

これはわたしのある意味第一詩集である。

世間では処女詩集と呼ばれるかもしれない。

しかしわたしは処女云々と言われるのが、大嫌いである。

そのため自ら処女を喰ってやろうと決めた。


出版に当たってはたくさんの方に力をもらった。

これまでわたしと出会った数多の人々。詩人であったり、詩人でなかったりする多様な人々。そのすべてにハグを送る。

なかでも書肆侃侃房の田島安江さんには、大変お世話になった。ありがとうございました。

この本を手に取っていただいたあなたにも、ありがとう。

サラ・カイリイはまだまだ発展途上である。

サラ・カイリイ

■著者プロフィール

サラ・カイリイ

1986年福岡県出身、在住。

既刊私家版詩集「リードマイリップス」（福岡市文学賞）、「コロンビーナの口紅」（福岡県詩人賞）、「メリー・カゴシマ」。

主宰同人誌「ファルス」。詩誌「侃侃」同人。福岡県詩人会会員。

詩の会cross主宰。

Twitter：@KSarahkylee

ヴァージン・キラー

二〇二一年十月六日　第一刷発行

著　者　サラ・カイリイ
発行者　田島安江
発行所　株式会社 書肆侃侃房（しょしかんかんぼう）
〒810-0041
福岡市中央区大名2-8-18-501
TEL 092-735-2802　FAX 092-735-2792
http://www.kankanbou.com
info@kankanbou.com
DTP　黒木留実
印刷・製本　アロー印刷株式会社

ISBN978-4-86385-480-2 C0092